2 Février 1905. V

VENTE

HOTEL DROUOT — SALLE N° 10

Le Jeudi 2 Février 1905

A 2 HEURES 1/4

BEAUX MEUBLES

anciens et de styles

Joli salon en tapisserie d'Aubusson, d'après LEPRINCE

OBJETS D'ART

TABLEAUX DE DIVERSES ÉCOLES

Portrait attribué à SANTERRE : La Femme au Capuchon

Bijoux — Objets de vitrine

Mᵉ René HÉMARD	**M. Arthur BLOCHE**
COMMISSAIRE-PRISEUR	EXPERT PRÈS LA COUR D'APPEL
51, rue Lafayette, 51	*51, rue Saint-Georges, 51*

EXPOSITION PUBLIQUE

Le Mercredi 1ᵉʳ Février 1905, de 2 h. à 6 heures

CONDITIONS DE LA VENTE

La vente sera faite au comptant.

Les acquéreurs paieront *dix pour cent* en sus des prix d'adjudication.

Aucune réclamation ne sera admise une fois l'adjudication prononcée.

DÉSIGNATION

MEUBLES

1 — Bel ameublement de salon en tapisserie d'Aubusson, les dossiers offrent des scènes d'après LEPRINCE, les sièges, des volatiles dans des paysages sur contrefond rose. Monture en bois sculpté et doré de style Louis XV. Il se compose de quatre fauteuils et d'un canapé.

2 — Secrétaire en marqueterie de bois orné de médaillons en ancien laque fond noir à décor d'or dessus en marbre bleu turquin. Epoque Louis XVI.

3 — Joli bureau plat Louis XV, en bois de placage garni de bronzes à rocailles.

4 — Table ronde en bois sculpté et doré posant
sur quatre pieds à têtes de béliers avec croi-
sillon surmonté d'une corbeille fleurie, dessus
en marbre blanc. Style Louis XVI.

5 — Bureau cylindre en marqueterie de bois de
luxe à losanges, avec médaillons, galerie et
ornements en bronze dorés. Style Louis XVI.

6 — Petit bureau de dame ouvant, à dos d'âne
bois de palissandre. Style XVIIIᵉ siècle.

7 — Secrétaire en bois de rose marqueté ouvrant à un abattant orné d'une plaque en biscuit et de bronzes dorés. Style Louis XVI.

9 — Deux belles colonnes en marbre, fleurs de
pêcher avec thyrses et chapiteaux en bronze
ciselé et doré. Style Louis XVI.

9 — Meuble en noyer finement sculpté, porte
ornementées, Style Renaissance.

10 — Table à thé en marqueterie de bois garnie
de bronze. Style XVIIIᵉ siècle.

11 — Paire de vases en cristal cotelé montures en
bronze. Style Louis XV.

12 — Vitrine de Style Louis **XVI** s'ouvrant à deux portes en bois de rose et de violette orné de bronzes ciselés et dorés.

13 — Chiffonnier de style Louis XV, en bois de rose et de violette, s'ouvrant dans le haut à deux portes et à trois tiroirs dans le bas, orné de bronzes dorés.

14 — Guéridon en bois noir incrusté de cuivre et garni de bronzes.

15 — Petite table forme rognon en bois de rose.

16 — Table à jeu en bois de rose et marqueterie de bois à trophées de musique garni de bronze Style xviiie siècle.

17 — Casier à musique en bois noir sculpté de Chine.

18 — Quatre chaises en bois laqué couvertes en tapisserie au point.

19 — Guéridon en acajou garni de bronzes, dessus de marbre Ier Empire.

20 — Dessus de porte en bois sculpté et doré représentant un dragon enroulé travail chinois.

21 — Pupitre en laque du Japon décor d'éventails.

21 *bis* — Tabouret en bois sculpté partie dorée, couvert en velours frappé.

22 — Guéridon et vases en cuivre gravés de Perse.

23 — Table desserte en bois laqué foncé de canne, dessus en marbre style Louis XVI.

OBJETS D'ART

24 — Petit groupe en marbre ; Nymphe désarmant l'Amour.

25 — Très beau buste de femme de style xviiie siècle en marbre blanc.

26 — Statuette en marbre : Diane triomphante signé Caussé.

27 — Statuette en marbre : Mignon.

28 — Belle soupière avec son plateau et son couvercle en ancienne faïence de Saint-Cloud à

personnages chinois, anses et poignées forme branchages.

29 — Soupière en faïence de Marseille à rocailles Louis XV.

30 — Vase de pharmacie en ancienne faïence, décor en bleu à inscriptions et feuillages, anses à torsades.

31 — Paire de bouts de table à figures d'amours en bronze, patine foncée portant deux lumières en bronze doré, posés sur des futs de colonnes cannelées. style Louis XVI.

32 — Jolie garniture de cheminée composée d'une pendule en marbre blanc et noir, forme monument à colonnes cannelées, surmontée de vases fleuris et de deux obélisques en marbre blanc, monture en bronze doré, époque Louis XVI.

33 — Paire de vases à pans en porcelaine de Chine, décor à personnages et fleurs sur fond vert, jaune et brun.

34 — Buste en biscuit : Jeune fille à l'oiseau, signé G. LEVY.

35 — Deux vases en porcelaine genre de Sèvres à médaillons à petits personnages.

36 — Plaque en faïence hispano mauresque forme étoile, décors à reflets métalliques.

37-38 — Quatre bols en porcelaine de Chine, décor à personnages et aux dragons.

39 — Deux flambeaux en cuivre, style Louis XVI.

40 — Grand plat en porcelaine décor au chinois.

41 — Coupe en porcelaine du Japon, monture bronze.

42 — Frise en bois sculpté du Japon.

43 — Brûle-parfums en poterie japonaise.

44 — Plat en faïence italienne décor à cariatides de femmes.

45 — Jardinière en porcelaine de Chine décor en bleu sur blanc.

46-48 — Trois armures persanes en cuivre gravé et incrusté, composées chacune d'un bouclier, d'un casque et d'un brassard.

49 — Plafonnier à cinq lumières électriques.

50 — Quatre appliques à deux lumières électriques.

51 — Cinq bras d'appliques électriques.

52 — Trois plats en porcelaine de Chine décor
en bleu sur blanc.

53 — Sabre d'officier de marine.

54 — Epée, poignée en fer avec garde à coquille.

55 — Eeritoire en bronze doré sur socle en marbre noir. Ier Empire.

56 — Petite pendule en marqueterie de cuivre
et d'écaille garnie de bronzes dorés Louis XIV.

57 — Flambeau bouillotte en cuivre doré, style
Ier Empire.

58 — Paire d'appliques à trois lumières en cuivre sur fond de glace.

59 — Deux appliques en bronze, style Louis XV.

60-75 — Suite de vingt pièces en céramique de
Pull, dans le style des faïences de Bernard
Palissy : vases, groupes, statuettes, coupes,
plats, etc.

76 — Yatagan.

77 — Plat en métal argenté.

78 — Deux miniatures dans un même cadre.

79 — Deux portefeuilles chinois.

TABLEAUX

80 — DUPRÉ (Attribué à Jules). La mare. Signé à droite.

81 — GREUZE (Ecole de). Tête de jeune fille. Sanguine.

82 — INNOCENTI. Buveur et paysanne.

83 — C. D. de M. Pensive. Pastel.

84 — PALAMÈDE. La collation.

85-86 — PANINI. Ruines avec personnages et amours. Deux pendants.

87 — RHEINER. Pommiers en fleurs.

88 — RIGAUD (Genre de). Portrait d'artiste.

89 — ROSE DE TIVOLI. Berger près de son troupeau.

90 — SANTERRE (Attribué à). La femme au capuchon représentée accoudée à une fenêtre regardant presque de face et tenant de la main droite un livre ouvert. Très beau tableau dans son cadre ancien.

91 — VERCHAIN (Louis). Prairie à Fontenay.

92 — ECOLE ESPAGNOLE. Saint en prière.

93 — ECOLE FLAMANDE. L'Enlèvement d'Europe.

94 — ECOLE FRANÇAISE. Le rendez-vous d'amour, panneau décoratif.

95 — ECOLE FRANCAISE. Portrait de jeune garçon.

96 — ECOLE MODERNE. Lettre de l'absent.

97 — Gravure en couleur. Napoléon Bonaparte.

BIJOUX, OBJETS DE VITRINE

98 — Epingle de cravate en or forme feuille enrichie de brillants.

99 — Paire de boutons d'oreilles en or enrichis de perles fines et brillants.

100 — Bague en or Louis XVI émaillé bleu et enrichie de diamants.

101 — Bague enrichie de marcassittes.

102 — Bague forme serpent enrichie d'un brillant et d'une émeraude.

103 — Epingle à chapeau forme épée ornée d'un œil de chat.

104 — Epingle de cravate enrichie d'une perle fine.

105 — Bague en or perle fine entourée de brillants.

106 — Bracelet en or enrichi de turquoises.

107 — Médaillon en argent émaillé Saint Georges.

108 — Bracelet en argent.

109 — Broche et porte-crayon en simili.

110 — Garniture de chemise composée de trois boutons en or enrichis de perles fines.

111 — Sautoir en or enrichi de perles fines.

112 — Huit pendeloques émeraudes cabochon.

113 — Lot de six améthystes.

114 — Petite coupe à deux anses ajourées en jade gravé ornées d'inscriptions et de paysages.

115 — Tabatière chinoise en cuivre noirci sur fond doré.

116 — Petite coupe en jade vert moucheté.

117 — Petite coupe en ancien émail cloisonné de la Chine.

118 — Perroquet en ancienne porcelaine de Saxe.

119 — Statuette de femme enveloppée dans son peplum, en terre cuite de Tanagra.

120 — Deux cornets à décor de dragons en bronze de style Japonais.

121 — Deux cassolettes formant flambeaux en onyx vert, montures bronze de style Louis XVI.

122 — Deux flambeaux formes sphynx ailés.

123 — Bonbonnière en ancien émail à médaillons sur fond gros bleu.

124 — Pot à crême en argent guilloché.

125 — Théière en ancienne porcelaine de Chine à personnages.

126 — Trois coquetiers en cuivre émaillé d'Orient.

TENTURES

127 — Grande tenture de mosquée en broderie et applications orientales.

128 — Quatre paires de rideaux en soie rouge à dessin Renaissance.

129 — Dessous de selle de chameau en tapis d'Orient.

130 — Objets omis.

www.ingramcontent.com/pod-product-compliance
Lightning Source LLC
LaVergne TN
LVHW021917180726
843502LV00008B/3115